바른 인성 **정직**한 마음

솔직하게
말할걸

바른 인성 정직한 마음

솔직하게 말할걸

초판 8쇄 발행 2022년 11월 10일

글 가수북　그림 정가애　기획·편집 가수북
펴낸이 김도연　펴낸곳 키위북스
편집장 김태연　마케팅 김동호　꾸민곳 디자인 su:
주소 경기도 고양시 일산동구 중앙로 1079, 522호
전화 031-976-8235　팩스 0505-976-8234
전자우편 kiwibooks7@gmail.com
출판등록 2010년 2월 8일 제2010-000016호

© 가수북·정가애, 2016

ISBN　979-11-85173-23-8 14300
　　　　978-89-964831-5-1 (세트)

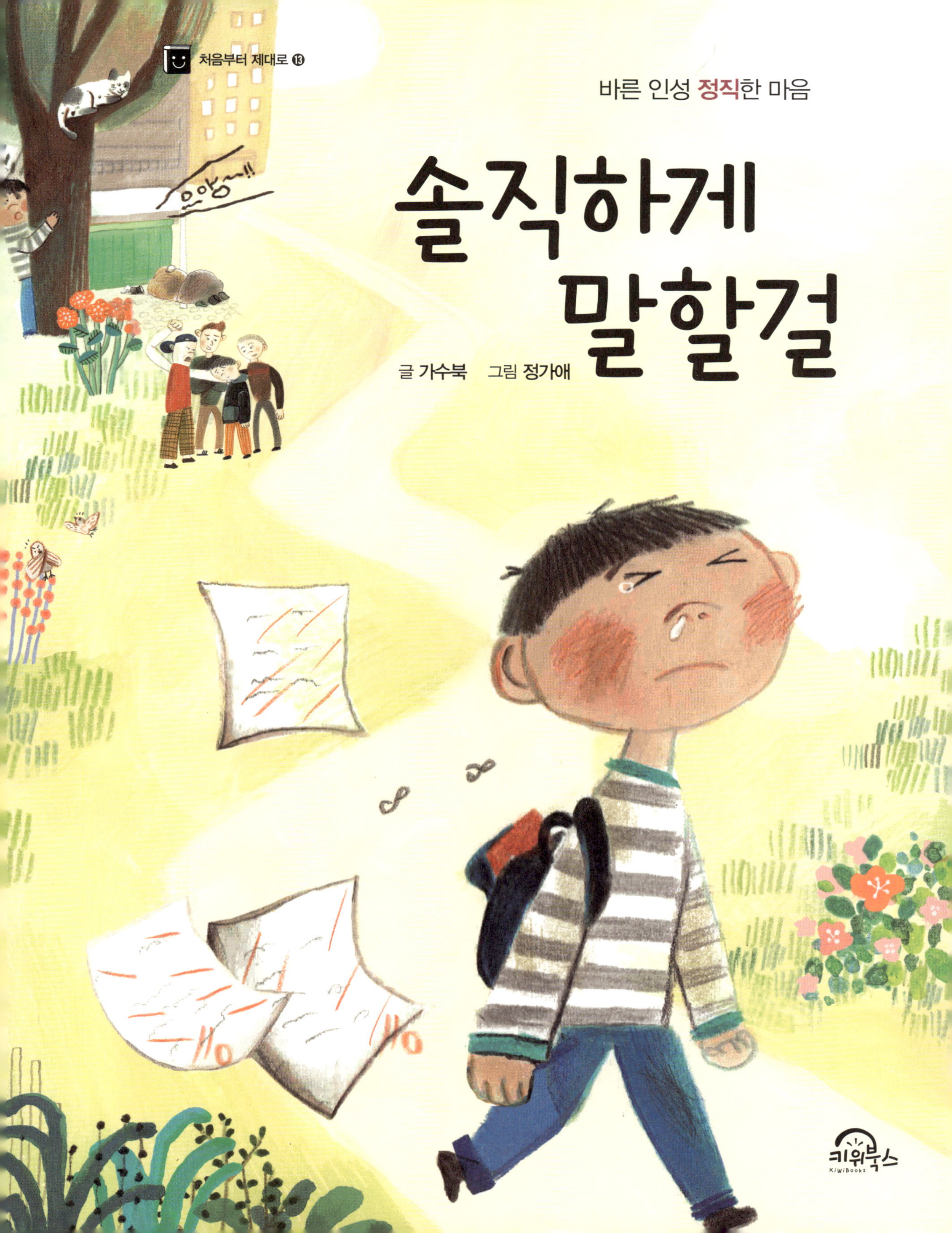

처음부터 제대로 ⑬

바른 인성 정직한 마음

솔직하게 말할걸

글 가수북 그림 정가애

키위북스
KiWiBooks

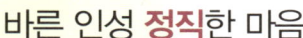

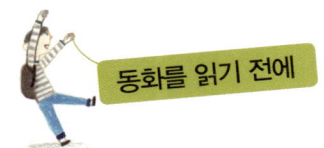

거짓말 아니에요!

'도원이랑 가치 놀았다.'

아줌마 아들이 오늘 쓴 일기예요. 아줌마 아들은 초등학교 1학년이랍니다. 친구와 얼마나 신나게 놀았던지 이 문장 하나 달랑 쓰고는 잠이 들었어요. 일기는 책상에 엎드린 채 쿨쿨 잠든 아들을 잠자리로 옮기다가 본 거예요. 오해할까 봐 하는 말인데, 절대로 훔쳐본 게 아니랍니다. 거짓말 아니에요!

그런데 일기를 보고는, 내내 미소가 떠나질 않았어요. 틀린 글자 때문이냐고요? 네, 맞아요. 분명 잘못 쓴 글자인데, 좋은 의미가 떠올랐기 때문이에요.

'가치'는 함께 어울려 살기 위해 우리가 서로 소중히 여겨야 하는 것들을 뜻해요. 친구와 '같이' 놀려면, '가치'를 지켜야 하지요. 그래야 나와 친구, 모두가 즐거울 수 있어요. 싸우게 되더라도 화해할 수 있고, 서로를 믿고 더 좋은 친구가 될 수 있지요.

그러한 가치에는 여러 가지가 있지만, 그중 하나가 '정직'이랍니다. 정직이 무엇이냐고요? 바로 이 이야기 속에 담겨 있어요. 이야기 속 심훈이를 만나면 정직이 어떤 것인지 알 수 있답니다. 거짓말 아니에요!

가 수 북

차례

양심 훈련

한숨이 나왔어요.

하필 내가 가장 헷갈리는 글자들만 줄줄이 이어진 동시예요. 머릿속은 점점 더 뒤죽박죽이 되었어요. 배도 살살 아프기 시작했고요.

나는 2학년 3반이에요. 우리 반은 일주일에 한 번 동시 받아쓰기 시험을 보기로 했어요. 두 달 동안이나요. 우리 선생님은 시를 정말 사랑해서 수시로 우리한테 동시를 읽어 줘요. 우리는 가끔 동시 낭독 발표도 했어요. 선생님이 읽어 준 동시를 기억했다가 안 보고 외는 거예요. 나는 천재는 아니지만 한번 들은 말은 잘 기억하는 편이에요. 그래서 동시 낭독 발표를 할 때마다 칭찬을 받곤 했어요. 하지만 다 부질없는 일이에요. 좔좔 외울 수는 있지만 쓰기는 잘 못하니까요.

어느 날 박미호가 자기는 동시를 공책에 받아썼다고 자랑했어요. 박미호는 잘난 척 대장이에요. 혼자만 칭찬 받고 싶었나 봐요. 선생님은 '아름다운 동시도 외우고 맞춤법도 익힐 수 있으니 좋은 생각'이라고 했어요. 박미호 때문에 동시 낭독 발표가 동시 받아쓰기로 둔갑했어요. 선생님은 매주 동시 한 편을 골라 적어 주었어요. 우리는 일주일 동안 그 동시를 익히고요. 그리고 선생님이 그중 몇몇 구절들을 불러 주면 받아 적는 거예요. 짧은 동시는 전부 불러 주기도 하고요. 어쨌든 받아쓰기는 앞으로 한 달이나 더 남았어요.

몰네 빠즈ㅓ가룶다

첫 번째 ㄴ을 지웠다가 다시 썼어요. 두 번째 ㄴ은 확실히 맞아요. 오늘은 두 문장인데 아직 한 문장도 다 못 썼어요. 또 한

숨이 나왔어요. 아랫배도 콕콕 쑤셨어요. 이번에도 받아쓰기를 망치면 어쩌죠? 내 짝꿍 수정이가 글자도 잘 모른다고 나를 싫어하게 되면 어떡하죠? '글자도 잘 몰라'서 나를 싫어하는 사람은 이미 한 명 있어요. 우리 엄마예요.

"다, 다음에는 잘 봐야 해, 아들~."

맨 처음 내 받아쓰기 공책을 보고 엄마가 한 말이에요. 우는 건지 웃는 건지 모를 목소리였어요. 얼굴은 씰룩거렸어요. 꼭 벌레가 기어 다니는 것 같았어요. 화가 난 게 분명해요. 하지만 나는 모르는 척했어요. 전에 한번 "엄마, 화났으면서 왜 안 난 척해?" 하고 물었다가 큰일 날 뻔했거든요.

"그게 바로 '잠자는 사자의 코털을 건드렸다'라고 하는 거야."

나중에 아빠한테 얘기하니 이렇게 말해 줬어요. 뭔가 알쏭달쏭했지만 나는 고개를 끄덕였어요. 몰라도 대충 알아듣는 척해야 아빠가 좋아하거든요.

아무튼 다음번에도 그 다음번에도 내 받아쓰기 공책에 맞았다는 빨간 동그라미 표시는 한두 개뿐이었어요. 틀린 글자마다 빗금이 큼직큼직하게 그어져 있었어요. 붉은 소나기가 사정없이 쏟아지는 것처럼 보였어요. 마귀 불여우 박미호 짓이에요. 지난달 짝꿍은 박미호였어요. 받아쓰기 채점은 짝꿍끼리 서로 바꿔서 해 주거든요. 박미호가 일부러 빗금을 더 크게, 크게 그은 거예요. 왜냐고요? 못된 마귀 불여우니까요! 박미호가 그은 빗금 때문에 나는 엄청 화가 났어요.

엄마도 마찬가지였어요. 엄마는 받아쓰기 공책을 펼치자마자 얼굴이 일그러졌어요. 순식간에 벌레가 한 100마리는 달라붙은 것처럼 찌그러졌지요. 그러다 뻥! 화를 터뜨렸어요. 엄마는 화산처럼 폭발했어요. 무섭기도 하고 서러운 기분도 들었어요. 나도 으앙 울음을 터뜨렸어요. 그랬더니 엄마가 씩씩거리던 숨을 후 몰아쉬었어요.

"양심훈, 뚝~. 네가 싫어서 그러는 게 아니잖아. 누가 너더러 1등 하랬니? 글자 정도는 틀리지 말아야지. 네가 1학년도 아니고, 세상에 글자를 이렇게 잘 모르는 2학년이 어디 있겠어?"

엄마는 이를 앙다물고 차분한 목소리로 줄줄 말을 이어 갔어
요. 그런데 내 귓속에는 이 말만 맴맴맴맴 돌았어요.

'네가 싫어서 그러는 게 아니잖아. 네가 싫어서 그러는 게 아
니잖아. 네가 싫어서 그러는 게 아니잖아. 네가 싫어…… 네
가 싫어…… 네가 싫어…… 네가 싫어…… '

그러다가 '아, 어쩌면 엄마는 솔직히 글자도 잘 못 쓰는 내가
창피하고 싶은지도 몰라.' 하는 생각이 들었어요. 슬펐어요. 지
난주의 일이에요.

몰내 빠자가요다

이번에는 '료' 자를 지웠어요. ㄹ은 분명 맞고 ㅛ도 맞는 것 같

은데 뭔가 이상했어요. 썼다 지웠다 하니 다시 슬픈 생각이 들었어요. 수정이가 내 공책에다가 빗금 긋는 모습이 떠올랐어요. 수정이는 아마 깜짝 놀라겠죠? '세상에, 글자를 이렇게 잘 모르는 2학년이 있어?'라고 생각하면서요. 수정이 얼굴을 쳐다보았어요. 얼굴도 저렇게 귀여운데 우리 반에서 제일 똑똑해요. 운동도 잘하고 그림도 잘 그리는데 잘난 척도 안 해요. 친절하고 다정해서 친한 친구도 제일 많고요. 그런데 나는…….

휴~, 꾸루룩~.

한숨을 쉬는데, 동시에 배에서도 소리가 났어요.

수정이는 보나마나 완벽하게 쓸 거예요. 틀리는 글자 하나 없겠죠? 당연히 없을 거예요! 그, 그러니까 완벽한 답이 바로 내 옆에 있는 거예요!

두근두근!

갑자기 심장이 쿵쿵거렸어요. 축구할 때처럼, 줄넘기할 때처럼 마구 뛰었어요. 숨이 차지도 않은데 쿵쾅거렸어요.

'내가 고개를 살짝 돌려서 눈을 크게 뜨기만 하면?'

심장이 더 빨리 뛰었어요. 숨이 멎을 것만 같았어요. 그런데

갑자기 웃음이 방귀처럼 새어 나왔어요. 머릿속에 기분 좋은
일들이 그려지는 거예요. 엄마가 나한테 칭찬을 해요. 수정이
는 내 공책에다가 빨간 동그라미들을 그려 주고요. 나한테 귀
엽게 웃어 주면서요.

꿀꺽!

나도 모르게 침을 삼켰어요. 그 소리가 어찌나 큰지 정신이 번쩍 들었지요.

'안 돼!'

그러다 들통나면 선생님한테 혼나고, 애들은 놀려 대겠죠? 엄마는 또 폭발할 테고, 수정이 얼굴은 또 어떻게 봐요. 상상만 해도 끔찍해서 고개를 세차게 저었어요.

'이게 바로 양심의 소리구나!'

방금 '안 돼!' 하고 마음속에서 울리던 소리 말이에요. 아빠가 '거짓말이나 나쁜 짓을 하려는 순간, 정직하고 바른 행동을 할 수 있도록 해 주는 게 양심'이라고 말해 주었어요. 마음속에서 양심이 속삭여 준다고요. 양심은 좋은 거라고요. 나를 달래 주려고 지어낸 말이 아니었어요.

"오호, 우리 조카 잘 지냈어? 양심……훈련? 양심……훈제?
양심……훈훈? 양심……훈장? 양심……훈남? 양심……훈
족? 아, 또 뭐가 있지? 아! 양심……훈민정음? 또……."

태수 삼촌은 우리 집에 놀러 올 때마다 나를 놀려요. 내 이름
을 갖고요. 아무리 참으려고 해도 결국엔 눈물이 나요. 그럴 때

마다 아빠가 양심은 좋은 거라며 나를 달래 주었거든요. 대충 알아듣는 척했는데, 정말이었어요.

'다행이야. 아빠 말이 맞았어.' 하며 고개를 끄덕이다가 박미호와 눈이 마주쳤어요. 박미호가 나를 노려보고 있었지요. 하마터면 "나 아니야! 안 훔쳐봤어!" 하고 소리칠 뻔했어요. 속마음을 들킨 것 같아 가슴이 철렁했어요. 식은땀이 났어요. 마귀불여우의 실눈은 바늘처럼 뾰족했어요.

꾸룩꾸룩 꾸루루루루룩~~.

악! 배가 부글부글 끓어요. 불여우가 내 배를 쿡쿡 쑤시는 것
같았어요.

'으악, 배야. 싸겠다, 싸겠어!'

마침 선생님이 "그만." 하며 수업을 끝냈어요.

나는 용수철처럼 튀어 화장실로
쏜살같이 달렸어요.

시험은 너무해

 결국 시험도 망치고, 똥도 쌌어요.

그나마 다행이에요. 바지에는 묻지 않았으니까요. 조금만 늦었더라면 바지를 내리기도 전에 쌀 뻔했어요. 엉거주춤한 자세로 똥 싼 팬티를 벗기 시작했어요. 똥이 묻을까 봐 손이 바들바들 떨렸어요. 나는 조심조심 팬티를 벗어 똥이 묻지 않은 부분을 엄지손가락과 집게손가락으로 집었어요. 다른 손으로는 휴지를 풀고요. 그리고 팬티를 휴지로 둘둘 말아 휴지통에 던지고, 문고리에 걸어 두었던 바지를 입었어요. 휴, 겨우 살아난 느낌이에요.

물을 내리고 나가려는데 발이 무거웠어요. 나는 휴지 뭉치를 다시 꺼내 휴지통 맨 아래쪽에다 처박았어요. 손이야 씻으면 되죠. 이제야 마음이 놓여요. 완벽해요. 이 정도면 아무도 모르겠죠? 저번처럼 애들한테 놀림 당하는 일은 절대 없을 거예요.

"똥심훈, 또 바지에 똥 쌌지? 똥심훈 팬티는 똥팬티~."

교실 문을 열자마자 승범이가 놀렸어요. 아이들 몇몇이 킬킬거렸어요. 불같이 화가 났어요.

"아니거든! 아니거든! 절대 아니라고!"

나는 소리소리 질렀어요. 얼굴이 뜨끈뜨끈해졌어요. 목구멍도 얼얼해요.

"으아, 시끄러워. 아니면 그만이지. 미안해."

안승범은 나랑 친한 친구예요. 장난이 심하지만 사과도 잘해요. 그래서 화가 났다가도 금세 마음이 풀어져요. 안승범이랑 계속 친한 이유예요.

"알았어. 그 얘기 다시는 하지 마!"

너무 빨리 사과하니까 내가 더 잘못한 기분이에요. 게다가 승

얘기 좀해

범이 말이 절반은 맞았으니, 거짓말한 셈이 되고 말았어요. 결국 시험도 망치고, 똥도 싸고, 거짓말까지 했어요. 이게 다 똥 때문이에요! 내가 맞춤법을 잘 헷갈리긴 해요. 하지만 받아쓰기 시험은 너무 떨린단 말이에요. 너무 떨리면 나는 배가 살살 아파요. 그러다 똥이 마려우면 'ㅛ'와 'ㅕ' 같은 게 더 헷갈려요. 머릿속이 뒤죽박죽이 돼요. 그러면 배는 더 쿡쿡 쑤시고, 곧바로 똥이 나올 것만 같아요. 나보다 심한 사람도 있어요. 우리 아빠예요.

"얘기 좀 해!"

엄마가 이렇게 말하면, 아빠는 바로 화장실로 뛰어가니까요. 엄마가 가끔 버럭 하긴 해요. 하지만 절대 박미호같이 무시무시한 마귀 불여우는 아니에요. 물론 진수정처럼 천사 같지도 않지만요. 그런데도 아빠는 갑자기 배가 아프대요. 엄마가 그 말만 하면요.

"저기, 심훈아."

자리에 앉으니 내 짝꿍 수정이가 말을 걸어요. 표정이 이상해요. 말하려다가 자꾸 입을 다물어요. 잠자코 기다렸어요.

"심훈아, 미안해. 내 건 미호가 채점해 줬어."

수정이가 내 받아쓰기 공책을 내밀며 말했어요.

"고마워. 그랬구나. 네가 뭐가 미안해. 내가 미안하……."

나는 말을 다 마치지도 못하고 깜짝 놀라서 받아쓰기 공책을 획 덮었어요.

공책에는 동그라미 하나 없었어요. 붉은 폭풍우만 휘몰아치고 있었어요.

"다 아깝게 틀렸어. 받침이나 점 하나만……."

수정이가 나를 위로하는데 박미호가 불쑥 끼어들었어요.

"아깝긴 뭐가 아까워. 받침이든 점 하나든 잘못 쓰면 틀린 거지. 쟤 만날 한두 개도 겨우 맞아."

'으악! 으, 저 마귀할멈! 천년 묵은 불여우! 잘났다, 잘났어! 꼭 그렇게 콕 집어서 말해야 되냐? 응?'

"어우, 야~ 꼭 그렇게까지 말할 필요는 없잖……."

수정이는 역시 천사예요. 게다가 나랑 같은 생각을 했어요. 우린 잘 맞는 것 같아요. 그런데 박미호가 또 끼어들었어요.

"뭐? 있는 그대로 말하는데. 사실이잖아."

나도 확 쏘아붙이고 싶었어요. 저 못된 마귀 불여우 코를 납작하게 만들고 싶었어요. 머릿속으로 할 말을 열심히 생각하는데 종이 울렸어요. 선생님이 들어오셨어요.

'박미호, 수업 끝나고 보자. 가만두나 봐!'

‘그래, 딱 한 바퀴만 더 돌고 들어가자.’

아파트 단지를 세 바퀴째 돌고 있어요.

“심훈아, 미호 말 너무 신경 쓰지 마. 다음 동시는 나랑 같이 쓰기 연습하자.”

수업이 끝나자마자 수정이가 속삭였어요. 미호가 또 끼어들까 봐 그랬나 봐요. 마음이 사르르 녹았어요. 괜히 걱정했어요. 수정이는 글자 모른다고 누군가를 싫어할 애가 아니에요. 왜냐고요? 천사니까요! 마음씨 착한 수정이 때문에 박미호도 용서하기로 했어요.

그런데 문제는 아직 남아 있었어요. 방과 후, 우리 아파트 단지에 들어서자마자 ‘얘기 좀 해!’ 이렇게 말하는 엄마 얼굴이 떠올랐거든요. 배가 살살 아프기 시작했어요. 아빠가 이해됐어요. 받아쓰기 공책을 보면 엄마가 뭐라고 할까요? 내가 생각해도 빵점은 심했어요. 엄마는 이미 참을 만큼 참았어요(엄마가 지난주에 그렇게 말해 줬어요). 그러니까 엄청 화를 내겠죠? 엄마가 나를 진짜로 싫어하게 되면 어쩌죠?

세 바퀴를 다 돌았지만 멈출 수 없었어요. 다시 우리 동을 피

해서 방향을 돌렸어요.

"너 아직도 안 들어갔냐? 나는 간식까지 먹고 나왔는데 너 뭐 하는 거야?"

안승범이에요. 태권도복을 입고 있었어요.

"잠깐 그냥. 잘 가라!"

나는 얼른 가라고 손짓했어요. 승범이도 손을 흔들며 달려갔지요.

그런데 승범이가 달리다가 갑자기 폴짝 뛰어올라 높다란 대형 쓰레기 수거함에다 휴지 뭉치를 피융− 던졌어요. 승범이는 휴지 뭉치가 쓰레기 수거함에 쏙 들어간 걸 보더니 주먹을 불끈 쥐고 촐싹거렸어요.

"골인! 나이스~."

그러고는 다시 손을 흔들고 냅다 달렸어요. 나는 입이 헤 벌어졌어요.

또 다른 시험

'골인! 나이스~.'

마음속으로 나도 외쳤어요. 휴, 속이 다 시원해요. 왜 진작 이 생각을 못 했을까요? 승범이가 아니었다면 지금도 아파트 단지만 빙글빙글 돌고 있었겠죠? 지나가는 사람은 아무도 없었어요. 완벽해요. 아무도 모를 거예요. 엄마한테는 없어졌다고 말

할 거예요. 어디 갔는지 모르겠다고요.

　씩씩하게 집으로 방향을 틀었어요. 콧노래가 나왔어요. 고개를 까닥거리며 박자를 맞췄어요.

　저기 배드민턴장에 민수가 있었어요. 공민수도 같은 반이에요. 내가 제일 좋아하는 친구지요. 내가 '똥심훈'이 되던 날도 민수는 나를 놀리지 않았거든요. 오늘도 집에 같이 오려고 했는데 민수는 벌써 가고 없었어요.

　민수는 말이 없고 수줍음이 많아요. 그래서 민수 아빠가 태권도 관장님이라는 걸 알았을 때 깜짝 놀랐어요. 하지만 축구는 꽤 잘해요. '아빠 닮아서 운동 잘하는구나.'라고 했더니 민수는 별로 안 좋아했어요. 하긴 민수 아빠가 좀 무섭긴 해요. 덩치도 크고 표정도 엄청 무서워요. 인상을 팍 쓰면서 '남자는 남자다워야 한다!'고 늘 말한대요. 승범이가 흉내 내면서 말해 줬어요.

"공민……!"

나는 민수를 부르려다 두 손으로 입을 막았어요. 그러고는 허둥지둥 구석으로 몸을 숨겼어요. 덩치 큰 애들이 민수 가까이 다가가고 있었어요.

'나는 절대로 무서워서 숨는 게 아니야. 그, 그럼 민수는 어쩌지? 도와줘야 하는데! 그래 맞아! 그런데 내가 나타나면 민수가 더 곤란해질 거야. 바보같이 그런 게 어디 있냐?'

머릿속이 뒤죽박죽이에요. 아까처럼 심장도 쿵쾅거려요.

덩치 큰 애들이 주먹을 확 들어 올려요. 내 다리가 바들바들 떨려요. 민수가 주머니에서 무언가를 꺼내요. 그러고 보니 박미호가 민수한테 쏘아붙이던 게 생각나요. 며칠 전이에요.

"내가 봤어. 너 괴롭힘 당하고 있지? 너 돈도 뺏겼잖아. 무서워서 말도 못 하는 거잖아."

"아니거든! 아니야! 친한 형들이야! 네가 뭘 알아?"

　민수가 그렇게 큰 소리로 말한 건 처음이었어요. 미호 말이 맞았어요. 민수는 언제부터 괴롭힘을 당했던 걸까요? 왜 아니라고 그렇게 펄쩍 뛴 걸까요? 민수가 아니라고 해서 그런 줄로만 알았는데. 나한테라도 살짝 말해 주지. 그랬다면 선생님한테 일러 줬을 텐데요.

어느새 덩치 큰 애들은 사라지고 없었어요. 한숨을 쉬다 민수와 눈이 마주쳤어요. 민수는 눈을 내리깔았어요.

'저, 저기 민수야.'

말했는데 목소리가 안 나왔어요. 민수는 나를 다시 쳐다보더니, 그냥 쌩 가 버렸어요. 기분이 몹시 이상했어요. 세상에서 제일 못난 겁쟁이가 된 기분이었어요. 기분이 너무 나빠서 눈물이 날 것 같았어요.

기분이 우울하니까 엄마 생각이 났어요. 갑자기 엄마가 보고 싶었어요.

'내가 속상할 때마다 꼭 안아 주는 우리 엄마!'

빨리 집에 가서 엄마한테 폭 안기고 싶었어요. 엄마는 내가 속상할 때마다 나를 꼭 안아 줘요. 등을 따뜻하게 쓸어 주면서요. 내가 잘못을 해서 화가 났을 때에도 꼭 안아 줘요. 물론 화를 다 내고 혼내 준 다음에요. 그리고 마지막엔 항상 이렇게 말해요.

"그래도 엄마는 우리 심훈이가 엄마한테 늘 솔직하게 말해 줘서 고마워. 심훈이 기분도 잘 설명해 주고, 잘못한 게 있으면 숨기지 않고……. 혼날 걸 알면서도 말이야.”

두근두근!

다시 심장이 쿵쾅거렸어요. 심장이 정말 터질 것 같았어요.

'내 받아쓰기 공책! 이 멍청이! 내가 무슨 짓을 한 거지?'

아, 이번에는 정말로 엄마가 나한테 실망할지도 몰라요.

솔직하게 말해 줘서 고마워

딩동딩동~.

"네, 아저씨. 문 열어 드릴게요. 잠시만요."

문을 열자마자 엄마는 입을 쩍 벌렸어요. 눈을 형광등처럼 깜박이면서요.

"허허, 이 녀석 눈물 콧물 범벅이네. 허허허. 아들내미가 물에 빠진 생쥐 꼴이지? 아, 쓰레기 뒤지는 도둑고양이가 있다고 신고가 들어와서 잡으러 갔는데, 이 녀석이 있지 뭐야. 허허. 쓰레기 뒤집어쓴 도둑고양이 꼴이라고 해야 하나? 허허허. 아무튼 심훈이 엄마, 너무 혼내지 마시구려. 저도 깜짝 놀

란 모양이야. 뭘 찾는다고 들어갔다지 뭐야. 실수로 쓰레기 수거함에 빠졌다나. 울며불며 말하는 통에 자세한 사정은 모르겠지만. 아무튼 애가 놀랐어. 잘 다독여 주시게. 그럼 난 이만. 경! 비!"

경비 할아버지는 군인처럼 경례를 하고는 문을 닫았어요. 경비 할아버지가 아니었으면 난 아직도 쓰레기 수거함 안에서 울고 있었을 거예요.

경비 할아버지 말대로 나는 쓰레기 수거함을 뒤졌어요. 도둑고양이처럼 몰래 들어가서요. 받아쓰기 공책을 다시 찾으려면, 쓰레기 수거함에 들어가는 방법밖에 없었으니까요.

쓰레기 수거함은 나보다 키가 훨씬 컸어요. 공책을 던져 넣을 때는 몰랐어요. 거기 들어갈 생각은 꿈에도 없었으니까요. 나는 골똘히 생각하다가 양손을 위로 뻗었어요. 다행히 쓰레기 수거함 윗부분에 손이 닿았어요. 두 손에 힘을 주고, 천천히 한쪽 발을 들어 올렸어요. 이를 악물고 기어오를 준비를 했어요. '하나, 둘, 셋!'

하지만 한쪽 발을 수거함에 딛자마자 몸이 툭 떨어졌어요. 쓰레기 수거함은 플라스틱이라 손이 미끄러웠어요. 밑에는 바퀴도 달려 있었어요. 그래서 아주 잠깐 매달렸는데도 덜컹거리며 움직였어요.

'휴, 어떻게 올라가지?'

기운이 빠졌어요. 털썩, 벽에다 등을 기댔어요.

반짝! 순간, 머릿속에 불이 들어왔어요. 좋은 생각이 떠올랐어요. 방금 등을 기댄 곳은 벽이 아니에요. 우리 아파트 재활용 기부함이에요. 내 옷이 작아지면 엄마는 깨끗하게 세탁해서 여기에 넣어요. 이렇게 말하면서요.

"여기 넣은 물품들은 어려운 이웃에게 보내지는 거야. 벼룩시장 같은 데 보내기도 하고. 필요한 사람이 싸게 살 수 있도록 말이야."

시멘트로 만든 재활용 기부함은 바닥에 단단히 붙어 있어요. 옷이나 신발 같은 물품 넣는 구멍도 있고요. 자물쇠가 달린 손잡이도 있어요. 그러니까 손잡이나 구멍에다가 발을 딛고 재활용 기부함 위로 올라가요. 그런 다음, 바로 옆에 있는 쓰레기 수거함으로 옮겨 가면 되는 거예요! 왠지 이번에는 내가 도움을 받을 차례라는 느낌이 들었어요. 나는 지금 어려운 상황이고, 재활용 기부함이 꼭 필요하니까요.

부스럭바스락~.

'성공!'

소리가 나긴 했지만 무사히 쓰레기 수거함에 착지했어요. 나는 몸을 웅크리고 키를 낮췄어요. 쓰레기봉투들이 수거함 바닥에 깔려 있었어요. 조심스럽게 쓰레기봉투 사이를 뒤지기 시작했어요.

'으악!'

갑자기 내 머리통으로 무언가 툭 떨어졌어요. 쓰레기봉투였어요. 머리를 쓱쓱 문지르는데, 또 하나가 날아들었어요. 그런데 제대로 묶지 않았나 봐요. 쓰레기가 사방으로 흩어졌어요. 쓰레기 수거함은 좁아서 피할 데도 없었어요.

'앗, 차가워! 이게 뭐야! 으악, 더러워!'

쓰레기를 몽땅 뒤집어쓰고 말았어요. 뭔가 미끌미끌하고 끈적끈적한 게 머리를 타고 온몸으로 질질 흘러내렸어요. 아이스

크림이 녹은 물 같았어요. 짜증이
목구멍까지 확 올라왔어요. 하마터면 꽥
소리를 지를 뻔했지요.

빠스락빠스락 빠스락빠스락 빠스락빠스락~.

나는 다시 쓰레기봉투 사이를 뒤졌어요. 빨리 내 받아쓰기 공
책을 찾아서 나가고 싶은 마음뿐이었어요. 그런데 쓰레기 수거
함 밖에서 어떤 아줌마 목소리가 들렸어요. 깜짝 놀라서 납작
엎드렸어요.

"이게 무슨 소리야? 어머머! 도둑고양이가 쓰레기봉투 다 뜯
고 있는 거 아니야? 저기, 아저씨! 경비 아저씨!"

아줌마가 헐레벌떡 뛰어가고 난 뒤, 나도 재빨리 수거함 위로 기어올랐어요. 경비 할아버지가 오기 전에 얼른 도망쳐야 해요. 심장이 벌렁벌렁 뛰었어요. 그런데 자꾸만 미끄러졌어요. 아까 뒤집어쓴 쓰레기 때문에 손이며 신발이며 온통 미끌미끌했어요. 눈물이 났어요. 눈물을 닦으니까 눈이 매웠어요. 끈적끈적한 게 눈에 들어갔나 봐요. 소리 내지 않으려고 숨을 참았어요. 콧물도 줄줄 흘렸어요.

툭~툭~.

그새 경비 할아버지가 와 버렸어요. 경비 할아버지가 손으로

쓰레기 수거함을 툭툭 쳤어요.

"아니, 뭔 고양이가 있다고 그려~. 어디 보자~."

겁이 났어요. 들키면 경비 할아버지한테 엄청 혼이 날 것 같았어요.

"으앙~~~!"

결국 참았던 울음이 터지고 말았어요.

"어떤 아줌마가 내 팔 잡아 주고, 경비 할아버지가 번쩍 들고 안아 줘서 빠져나왔어."

엄마가 나를 꼭 안아 줬어요. 내가 얘기하는 동안 등을 따뜻하게 쓸어 주면서요. 엄마는 아무 말도 하지 않았어요. 내 얘기가 끝날 때까지 가만히 듣기만 했어요. 다 듣고 나서도 엄마는 아무것도 묻지 않았어요. 받아쓰기 공책 얘기도 꺼내지 않았어요. 엄마 손은 따뜻했어요.

"나 이제 자도 돼?"

"그래, 어서 누워."

엄마가 베개를 매만졌어요. 엄마 손이 멈추기를 기다렸다 자리에 누웠어요. 엄마가 이불을 덮어 주었어요.

엄마는 나를 내려다보고 있어요. 눈을 감고 있지만 알 수 있어요. 눈을 감았는데도 눈알이 자꾸 왔다갔다 움직였어요. 눈을 살짝 떴어요. 엄마는 그대로예요. 계속 내려다보고 있어요.

"그러고 있으면 나 잠 안 오는데."

그러자 엄마가 미소를 지으며 말했어요.

"그래, 알았어. 그런데…… 심훈이, 엄마가 무서워서 그랬어?

엄마가 그렇게 무서워?"

"응. 아니, 조금."

나는 기어들어 가는 목소리로 대답했어요. 엄마는 슬픈 표정을 지었어요. 마음이 무거웠어요. 하지만 거짓말은 조금도 보태고 싶지 않았어요.

"엄마가 싫어서 그런 건 아니고. 그러니까 음, 엄마가 화내는 게 무서운 거야. 난 엄마가 좋은데, 엄마가 혼을 내면 가끔 엄청 무서울 때도 있거든. 음, 또 일주일 동안 텔레비전 못 보는 것도 싫고, 게임 못 하는 것도 싫고……."

여전히 슬픈 표정을 하고 엄마는 환하게 웃었어요.

"미안해. 평소에 네가 그런 기분이 들었다니……. 네가 거짓말을 할 생각이 들 정도로 엄마가 무섭게 혼냈구나. 미안해. 엄마가 이제부터 그러지 않도록 노력할게. 근데 심훈아!"

"응?"

"솔직하게 말해 줘서 고마워."

엄마는 내 손을 꼭 잡아 주었어요. 따뜻해요. 사르르 눈이 감겼어요. 잠이 왔어요.

"똥심훈~, 다 알아. 너 맞지? 어제 쓰레기통에 처박혀서 울고불고한 게. 들어 보니 딱 똥심훈이던데. 너 맞지? 에이, 맞잖아."

승범이에요. 하루 종일 졸졸 따라다니면서 이래요. 승범이는 엄마한테 들었대요. 승범이 엄마는 옆집 아줌마한테 들었고요. 나라고 생각하는 것 같았지만 나는 딱 잡아뗐어요.

"잘 가라."

아파트 단지에 들어서자마자 나는 얼른 가라고 손짓했어요.

"에이, 뭐야. 똥심훈 정말 아닌가? 아닌 거야? 에이, 시시해. 그렇다면 미안. 잘 가. 내일 보자!"

승범이는 기도하듯이 두 손을 맞붙이고 위로 쭉쭉쭉쭉 들어 올렸어요. 박자를 맞추면서, 촐랑촐랑 까불까불 제자리 뛰기를 하면서요. 미안하다는 뜻이에요.

사실대로 말해 주지 못해서 나도 미안하긴 한데, 그래도 아무한테도 말 안 해 줄래요. 아무튼 안승범은 정말 못 말려요. 나는 크하하 웃으며 얼른 가라고 다시 손짓했어요.

"어이, 공민수! 공민수도 안녕! 내일 보자."

승범이가 손을 번쩍 들고 큰 소리로 인사했어요. 저기 민수가 있었나 봐요. 다다다 달려가는 승범이를 보다가 눈이 마주쳤어요. 민수가 나를 보고 있었어요.

"아, 안녕."

나는 어색하게 손을 흔들며 인사했어요.

하루 종일 같은 교실에 있었는데 웬 '안녕'이래요. 휴, 어쨌든 민수랑 얘기를 좀 해야겠죠? 그런데 왜 하필 저기 앉아 있는 건지 모르겠어요. 민수는 재활용 기부함 위에 올라가 있었어요.

'저기 올라가 있는 거 경비 할아버지가 보시면 이번에는 나 정말 혼날 텐데.'

하지만 나는 우정을 선택했어요.

성큼성큼 걸어가서, 손잡이에다 발을 힘차게 딛고 훌쩍 올랐어요.

민수는 먼 데를 바라보고 있었어요. 팔꿈치로 민수 옆구리를 쿡 찔렀어요.

"미안해. 어제……."

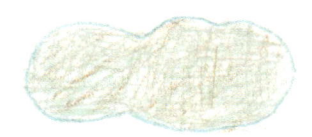

"아니야, 네가 뭘. 다 봤지?"

내가 조심스럽게 말을 꺼내자 민수는 이야기를 시작했어요.

민수는 아빠가 무서워서 괴롭힘 당하는 것을 모두에게 숨기는 거래요. 누군가 알게 되면 아빠 귀에도 분명 들어갈 테고, 그러면 아빠는 민수를 혼낼 게 뻔하니까요. 사내녀석이 남자답지 못하다고요. 약하게 구니까 그런 일이나 당하는 거라고요. 강해져야 한다고요. 그래서 박미호가 얘기했을 때도 펄쩍 뛰었나 봐요. 민수는 '남자는 남자다워야 한다.'면서 항상 민수를 윽박지르는 아빠가 무섭대요.

나는 내내 고개를 끄덕이기만 했어요.

민수는 괴롭힘을 당하는 것보다 아빠한테 혼나는 게 더 무서웠나 봐요. 얼마나 무서우면 그랬을까요? 솔직하게 말할 수 없다는 건 외로운 일일지도 모르겠어요. 민수 얼굴은 어둡고 슬펐어요.

"나 어제 쓰레기 수거함에서 구출됐다."

"뭐?"

나는 어제 일을 모두 말해 주었어요. 받아쓰기 시험 볼 때 커

닝을 할 뻔했던 일이며, 하도 긴장하는 바람에 배가 아파서 똥을 싸게 된 일, 또 쓰레기 수거함에다 몰래 받아쓰기 공책을 버렸다가 다시 찾으려 쓰레기 수거함을 뒤지고, 쓰레기를 뒤집어 쓴 채 도둑고양이로 오해 받고 구출된 일까지 몽땅 다요.

민수는 내 얘기를 듣는 내내 배를 잡고 깔깔 웃었어요. 나도 민수를 따라 웃었어요. 큰 소리로 웃고 나니 속이 시원했어요.

"나 간다."

한참을 웃고 나더니 민수가 자리에서 일어났어요. 민수 얼굴에 웃음이 계속 걸려 있었어요. 민수는 엉덩이를 탈탈 털더니, 수거함에서 멋지게 뛰어내렸어요. 그러고는 손을 흔들며 힘차게 뛰어갔어요.

민수가 웃어서 다행이에요. 민수도 솔직하게 말
하면 좋을 텐데요. 말하기 좀 무섭겠지만, 아빠를
사랑한다면 용기 내도 되지 않을까요?
　나는 민수가 안 보일 때까지 열심히 손을
흔들었어요.

정직이란 무엇일까요?

거짓 없는 바른 말과 행동이에요

여러분은 거짓말을 한 적이 있나요? 없다고요? 거짓말! 거짓말은 사실이 아닌 것을 사실처럼 꾸며 말하는 것입니다. 또 거짓말을 밥 먹듯 잘하는 사람을 거짓말쟁이라고 하지요. 거짓말쟁이 중에 가장 유명한 건 아마 피노키오일 겁니다. 피노키오는 거짓말을 하면 코가 커집니다. 그래서 피노키오가 거짓말을 했는지 안 했는지 누구나 알 수 있지요.

실제로, 사람도 거짓말을 하면 코가 커져서 간질간질한 느낌이 든다고 해요. 물론 피노키오처럼 다른 사람이 알아볼 정도는 아니에요. 하지만 단 한 사람만은 속일 수 없어요. 바로 자기 자신이지요. 또 거짓말을 한 번 하면, 들키지 않기 위해 나도 모르게 계속 새로운 거짓말을 지어내게 됩니다. 그래서 눈덩이처럼 불어난 거짓만큼 마음이 점점 무거워지지요. 거짓말을

하면 그 순간은 위기를 모면하거나 생각지 못한 행운을 얻을 수 있을지 몰라요. 하지만 누군가는 나 대신에 곤란한 상황을 겪거나 억울한 일을 당할 수 있습니다. 또 '언젠가는 들키고 말 거야.' 하는 불안함과 두려움을 계속 떠안고 지내야 한답니다.

그런데 여러분이 정직하다면 이렇게 괜스레 마음이 무거워질 일이 없습니다. 정직은 나 자신은 물론 누구도 속이지 않고 거짓 없이 바른 대로 말하고 행동하는 것이기 때문입니다. 바른 대로 말하는 게 때로는 쉽지 않을 수 있습니다. 만약 잘못을 저질러서 크게 혼나게 생겼다면 나도 모르게 거짓말이 떠오를 수 있어요. 하지만, 그렇다 해도 정직하게 잘못을 인정하고 사실을 말해야 하지요.

양심에 따르는 곧은 마음이에요

양심은 바른 마음을 말해요. 거짓말이나 옳지 못한 행동 등을 했을 때 마음이 불편해지는 것은 바로 양심 때문이에요. 양심은 우리가 옳은 일을 할

수 있도록, 스스로를 다잡을 수 있는 힘을 주지요. 그래서 우리는 양심의 소리에 귀를 기울여야 합니다. 양심이 우리에게 옳고 바른 길을 안내해 주니까요. 그런데 양심의 소리를 외면하면 어떻게 될까요? '바늘 도둑이 소도둑 된다.'는 속담처럼 거짓말을 하거나 나쁜 짓을 해도 마음이 불편하지 않고, 더 큰 거짓말이나 더 나쁜 행동도 서슴없이 하게 될 거예요. 거짓말이 들통나서 혼이 나는 것보다 더 무서운 일이지요. 그래서 우리는 항상 양심을 잘 가꿔 나가야 합니다.

우리는 우리 모두에게 양심이 있다는 걸 알기 때문에 서로를 믿을 수 있습니다. 각자 스스로 양심을 지킬 거라는 믿음 때문에 서로를 의지하며 함께 살아갈 수 있지요. 이처럼 정직은 나의 양심을 지키며 속이지 않는다는 서로의 믿음을 말합니다. 또한 다른 이를 믿고 용감하게 할 수 있는 행동이지요.

'있는 그대로의 사실'이 모두 정직은 아니에요

그렇다면 언제나 모든 일을 사실 그대로 말해야 할까요? 무슨 일이 있어도 곧이곧대로 말하고 행동하는 것만이 정직은 아닙니다. 어떤 상황에서는 정직한 태도가 누군가에게 상처를 줄 수도 있습니다. 이야기 속 박미호의 경우처럼 말이에요. 박미호는 심훈이 받아쓰기 점수가 매번 형편없다는 것이나 친구들이 몰랐으면 하는 민수의 고민 등을 반 아이들이 모두 듣는 데서 이야기합니다. 있는 그대로의 사실이기는 하지만, 이런 것을 정직하다고 할 수 있을까요? 이러면 누구라도 함께 지내기가 불편하고 짜증이 날 것입니다. 또한 친구와 함께 장난을 치다가 꾸중을 들을 때도 마찬가지입니다. 친구가 잘못한 것만 말하고 내 잘못은 쏙 빼놓는다면, 거짓말을 한 것은 아니지만 정직한 것 또한 아닙니다. 자기 잘못은 인정하지 않고 남에게만 떠넘기려고 한다면, 같이 놀고 싶어 하는 친구가 있을까요? 이처럼 다른 사람에게 어떤 영향을 끼칠지 전혀 헤아리지 않고, 무조건 있는 그대로 말하는 것은 정직하다고 할 수 없을 거예요.

정직, 한 걸음 더 나아가기

1. 양심 고백! 거짓말이나 거짓으로 행동했던 게 있으면 사실대로 말해 볼까요?

어린이들의 거짓말은 대개 사소한 것에서 비롯됩니다. 더 갖고 싶은 욕심이나 더 놀고 싶은 마음 때문에 거짓말을 하게 되지요. 누군가를 골려 주기 위해 사실이 아닌 말을 꾸며 내기도 하는데, 그저 장난일 뿐이라고 생각할 수 있지만 이 또한 거짓말이라고 할 수 있어요. 거짓말은 두려움에서 시작되기도 합니다. 혼이 날까 봐 무서워하는 이야기 속 심훈이나 민수의 경우처럼 말이에요. 하지만 그렇다고 거짓말을 해도 되는 것은 아닙니다. 이유가 어찌 되었든 양심을 걸고 정직하려고 노력해야 합니다. 게다가 민수와 같은 경우라면 어른의 도움이 필요한 일이니 반드시 부모님이나 선생님께 말해야 합니다.

2. 정직하려면 용기가 필요합니다. 언제나 양심에 따라 정직할 수 있도록 나만의 다짐을 만들어 볼까요?

들키지만 않으면 된다는 생각에 그냥 거짓말할까 하고 마음이 약해지기도 합니다. 옳지 않은 행동이라는 것을 알면서도 대부분의 친구들이 하는 대로 대충 따라가는 경우도 있습니다. 하지만 '나는 정직한 어린이가 아니야.'라고 생각하면서 슬퍼하지 않아도 됩니다. 포기하지 말고 정직한 마음을 지킬 수 있도록 스스로 격려해 주세요. 여러분은 몸도 마음도 자라나는 어린이이기 때문입니다. 양심도 정직도 여러분과 함께 바르게 자라날 것입니다.

⟪예⟫ '어깨 활짝 펴자! 자신감 얍! 나는 흔들리지 않아. 정직한 어린이니까. 나는 양심이 가르쳐 주는 옳은 일을 할 거야!'